MW01247321

Líderes importantes

por Michael A. Auster

Consultant: John P. Boubel, Ph. D., History Professor
Bethany Lutheran College

Libros
sombrilla
amarilla®
para lectores principiantes

Libros sombrilla amarilla are published by Red Brick Learning
7825 Telegraph Road, Bloomington, Minnesota 55438
http://www.redbricklearning.com

Editorial Director: Mary Lindeen
Senior Editor: Hollie J. Endres
Senior Designer: Gene Bentdahl
Photo Researcher: Signature Design
Developer: Raindrop Publishing
Consultant: John P. Boubel, Ph. D., History Professor, Bethany Lutheran College
Conversion Assistants: Katy Kudela, Mary Bode

Library of Congress Cataloging-in-Publication Data
Auster, Michael A
  Líderes importantes / by Michael A. Auster
      p. cm.
  Includes index.
  ISBN 13: 978-0-7368-7359-8 (hardcover)
  ISBN 10: 0-7368-7359-7 (hardcover)
  ISBN 13: 978-0-7368-7445-8 (softcover pbk.)
  ISBN 10: 0-7368-7445-3 (softcover pbk.)
  1. Blackwell, Elizabeth, 1821-1910. 2. Chavez, Cesar, 1927- 3. Keller, Helen, 1880-1968. 4. Robinson, Jackie, 1919-1972. 5. United States--Biography—Juvenile literature. 6. Leadership. I. Title. II. Series.

  CT217.A95 2005
  920.073—dc22

                                                    2005015662

Adapted Translation: Gloria Ramos
Spanish Language Consultant: Anita Constantino

Photo Credits:
Cover: AP/Wide World Photos; Title Page: Bettmann/Corbis; Page 2: Paul Barton/Corbis; Page 3: AP/Wide World Photos; Page 4: Hulton Collection/Getty Images, Inc.; Page 5: Corbis; Page 6: Walter P. Reuther Library at Wayne State University; Page 7: Ed Kashi/Corbis; Page 8: Walter P. Reuther Library at Wayne State University; Page 9: AP/Wide World Photos; Page 10: Raymond Kleboe/Hulton Collection; Pages 11–13: AP/Wide World Photos; Page 14: STF/AP/Wide World Photos

1 2 3 4 5 6 11 10 09 08 07 06

Contenido

Se necesita un líder

La gente no es siempre ni justa ni amable. A veces se necesita una persona especial, un líder, para enseñarle a los demás lo que es correcto.

Elizabeth Blackwell

(1821-1910)

¿Cómo llegó a ser
un niña tímida la
primera doctora
en los Estados
Unidos? Elizabeth
Blackwell pudo

haber sido tímida, pero ella creía en sí
misma. Elizabeth escribió y mandó cartas
a diferentes facultades de medicina,
con la esperanza que una la aceptara.
Finalmente, después de tratar 29 veces,
una facultad de medicina la aceptó.

Hace tiempo la gente decía que las mentes de las mujeres eran demasiado débiles para estudiar matemáticas y ciencias. ¡Elizabeth sabía que esta idea era ridícula! Ella era la mejor estudiante en su clase. Aún así, fue difícil para Elizabeth encontrar trabajo como doctora.

4

Elizabeth abrió su propio hospital. Ella enseñó que las mujeres pueden ser excelentes doctoras . Hoy en día, hay miles de doctoras ayudando a la gente por todo el mundo. Algunas hasta trabajan en el hospital que la Dra. Elizabeth Blackwell empezó, hace muchos años.

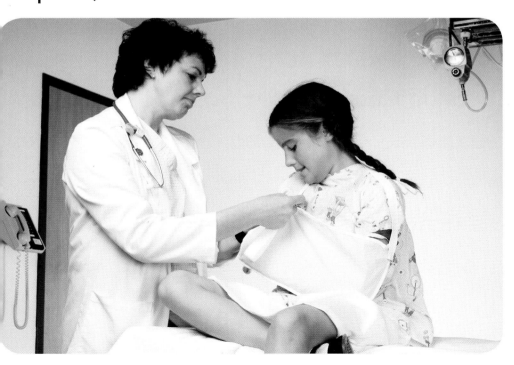

César Chávez

(1927-1993)

Cuando César Chávez hablaba, la gente escuchaba. César daba discursos en inglés y en español. Él hablaba con trabajadores de agricultura, estudiantes universitarios y hombres de negocio. César quería que todos entendieran qué las condiciones laborales **injustas** tenían que cambiar.

Los miembros de la familia de César eran **trabajadores migratorios**. Se movían de un sitio a otro para trabajar las cosechas. Bajo el sol caliente, ellos recogían la cosecha durante todo el día. Los trabajadores migratorios no ganaban mucho dinero y si pedían más dinero, o tomaban un momento para usar el baño, podían perder sus trabajos.

César llegó a ser el líder de un **sindicato**.
Dirigió a muchos trabajadores en una
huelga. Miles de trabajadores marcharon
con César Chávez a través de California.
Ellos querían que todos aprendieran acerca
de sus injustas condiciones de trabajo.
Finalmente, se les aumentó el sueldo a los
trabajadores y se les empezó a tratar mejor.
Las acciones de César Chávez ayudaron a
mejorar las condiciones de los trabajadores
migratorios.

Helen Keller

(1880-1968)

Muchas personas sordas hacen señales con sus manos para "hablar." Cuando Helen Keller era una niña, ella inventó sus propias señales. Esto ayudó a que su familia entendiera lo que ella necesitaba. Helen tenía tanto que decir. Ella necesitaba una manera mejor para comunicarse.

Helen era ciega y muda. Muchas personas decían que alguien como Helen no podía aprender. Helen sólo necesitaba la maestra apropiada. Annie Sullivan le enseñó más señales a Helen. Así pudo aprender a leer en **braille**. Entonces, Helen pudo estudiar las mismas materias que sus compañeros.

Helen aprendió a poner sus dedos en los labios de otras personas para "leer" sus palabras y también aprendió a escribir a maquina. Ella llegó a ser una autora famosa. Sus palabras fueron una **inspiración** que motivaron a otras personas a hacer su mejor esfuerzo y a disfrutar su vida, como hizo ella.

Jackie Robinson
(1919-1972)

Una vez, no hace mucho tiempo, los americanos africanos no podían trabajar en los mismos trabajos que las personas blancas, ni podían vivir en los mismos vecindarios donde vivían las personas blancas. Muchas personas valientes lucharon para cambiar estas costumbres injustas. Una de estas personas valientes fue un jugador de béisbol llamado Jackie Robinson.

En 1947, Jackie llegó a ser un jugador de los *Brooklyn Dodgers*, un equipo de béisbol. Antes que ocurriera esto, todos los jugadores en las **grandes ligas** de béisbol tenían que ser blancos. Algunos de los jugadores insultaron a Jackie. Él luchó contra ellos, pero sin puños. Mientras jugaba lo mejor que podía, Jackie Robinson les enseñó que los americanos africanos eran excelentes atletas.

A causa de Jackie Robinson, la vida cambió en los Estados Unidos. Él usó su talento para mejorar las vidas de muchas personas, de la misma manera que lo hicieron Elizabeth Blackwell, César Chávez y Helen Keller.

Glosario

braille   una manera especial de escribir e imprimir que fue creada para que las personas ciegas puedan leer con sus dedos

huelga   cuando un grupo de trabajadores deja de hacer su trabajo, hasta que aumenten sus sueldos o mejoren las condiciones de trabajo

inspiración   motivar a otras personas a hacer algo

injusto   algo que no es justo

sindicato   un grupo de trabajadores que se han unido con el propósito de pedir mejor pago y mejores condiciones de trabajo

trabajadores migratorios   personas que se mueven de un lugar a otro lugar para trabajar

Índice

Word Count: 551
Guided Reading Level: M